シヌック・雪食う風

鵜沢 梢 歌集

Kozue Uzawa

短歌研究社

シヌック・雪食う風　目次

シヌック・雪食う風

シヌック（chinook）

シヌックは Snow Eater 雪食う風びゅるるんびゅるると雪巻き上げる
ネイティブがシヌックと呼ぶ強き風雪溶かすゆえ歓迎される

ロッキーを越えて吹き来る暖かき風、と言えどもやはり寒いなあ

シヌックの瞬間風速九十キロ激しきうなりひと晩続く

一日中吹き荒れる風激しくてぎしぎし気持も閉じこめられる

風寒く吹き荒れる日は買物にも出かけず一人繭ごもり居る

はだか木をごうごうゆらし荒れに荒れ風の強情二日目を吹く

バンクーバーの花を羨み歩む昼レスブリッジの風頬なぐりくる

絵はがきの白き桜に見入る耳朶にうなりうなれるレスブリッジの風

シヌックがどっどどどうと吹き荒れて真冬の空は青さ増したり

寒々と心萎えゆく冬の夜手作りキルトをベッドに掛ける

雪の夜に小さき動物来たるらしわが庭横切る足跡へこむ

雪の道数分歩いただけなのにじんと痛みぬ左耳の底

氷点下十五度までに昇りたる今日の気温に気持緩みくる

大晦日マイナス五度の暖かさ雪も降らずに小鳥の声す

新しく降り積もりたる雪見つつ梅酒飲み干す一月一日

地に積もる雪白々と輝きて新しき年に人は踏み出す

春遅し

車には夜のエンジン守るためヒーターつけて毎夜寝につく

猫やなぎ買いて活けたる人の部屋空気和みぬ会話和みぬ

金色に草の枯れたる平原の続き続けりカルガリーまで

知らぬ間にガソリン0《ゼロ》になりて居り大平原の真ん中あたり

いずこにもガソリンスタンド見えぬまま息をつめつつ針見て走る

電話にてクロッカス咲けりと友の言う如月十日バンクーバーより

雪かきのシャベルいまだに外に置く四月の大雪待ち居る我は

四月三日たんぽぽさえもまだ咲かぬ寒き日なれど日差し伸びたり

明日より夏時間なり寝る前にメイク落として時計早めて

うっかりと研究室の置き時計冬時間のまま　クラスに遅れる

学生が夏を先取り素足にて歩く足首白く痛々し

イースターの前の日曜パームサンデーこの日にわれは春衣着る

華やかな桜前線羨みつつ今日も見ている日本のテレビ

枯れ庭に小さく青き芽が見ゆる　わが人生も捨てたもんじゃない

少しずつ丘陵《クーリー》の草青みゆくひと日ひと日を楽しむごとく

東京の桜便りの増していくインターネットのチャット掲示板

雨降らぬ土地にも球根芽吹きだす今日気がついたアイリス八本

春遅し待ちあぐねてはまたも見るチューリップの芽五センチほどの

一昼夜かけて降りくる春の雪ああ鈴蘭よ苺の花よ

十センチも雪の降り積む春の日は小鳥の声も何も聞こえぬ

風も無く晴れ渡る朝あの枝もこの枝も笑い出しそうな朝

松の木に目立って大きくかけられた球形の巣にかささぎ一羽寄る

連翹も桜も咲かぬ土地なれどレスブリッジに春は来ており

カナダ雁の親鳥二羽に挟まれて小さき五羽の泳ぎの練習

春の日は心も軽く念願のお菓子のレシピ試してみよう

お砂糖を控えめにするクッキーは甘味乏しくわたしらしくて

きつつきがかくも激しく首振りて木を叩くさまふいに目に入る

乾燥地レスブリッジに咲く花はチューリップさえ地に低く咲く

四頭の鹿と出会いて立ち止まり見合いたるのち道ゆずられぬ

稀にしか降らぬ雨ゆえいとおしみ傘を使いて遠回りする

今年またパセリ芽ぶきて春となり陽の中せりせりせり上がりくる

一斉にビオラ咲きだすひとところ興味深げに猫の寄りゆく

プランターにパンジー咲けりどの顔も皆われに向き出帆のかまえ

ケンタロウのひとりごはんのレシピまね春のキャベツをどんと茹でたり

朝ひとつ薄紫に咲き出せり賢治童話のカンパネラの花

この教室に

戦争を知らぬカナダの学生に敢えて見せたり「黒い雨」の惨

米国の原爆使用の是非を問うクラスの中に一人アメリカ人

原爆の使用認める学生のレポート読めり腹が立てども

日本とは世界でひとつの被爆国これ知らぬ者も居りこの教室に

広島の被爆体験秘め持ちてカナダに生き来し老婦人あり

山下さんの被爆体験草稿を英訳したりしばしば泣きて

カナダ人に日本語使い語りかく原爆地獄を山下さんは

広島の空に見えたる火の玉はけだもののごと蠢きていきと

大粒の黒き雨降り穢されし山下さんの白きブラウス

被爆者を数多看護したるゆえ二次被爆者となりき山下さんは

原爆は戦争終結早めたと物知り顔に日本女性が

湿疹の赤く吹き出る両の足何に怒れるわたしの心

からからと乾いた空気空に満ち乾きゆきけり人との関係

黒沢も小津も伊丹も知らぬと言う日本映画のクラスの学生

「お早よう」という小津の作品見せしあと世間話の大切さ説く

「ミンボーの女」のテンポ心地よくヤクザ退治も心地よげなり

いくつかの秘密心にしまい込み苦しくなれば木々を見にゆく

わが庭に来たれる猫にガラス戸を磨く様子を観察され居り

欠席の理由を言える学生の多くが使う祖母の葬式

夫への裏切りを言う女いてひりひり痛いわれの心も

いらいらを鎮めるために食べている特大サイズのレアチーズケーキ

日本人の留学生と読む『サラダ記念日』の二種の英訳短歌

欠席の目立つ雪の日学期末　欠席分の鬱かかえ込む

交通事故に遇いし学生わが身より試験のことを心配するなり

何本もつらさがれるわが車エンジンかけてゆるゆる起こす

久しぶりに日本語話す我の声キャフェテリア中に響いてしまう

カナダより追わるるように帰国せしＦさん出世して学会にきて

出張費五百万円あるという日本の教授とワリカンの食事す

一週間の会議を終えて帰りゆくエドモントンより日常の日々へ

夏は来ぬ

前庭に大きなうさぎ見たる朝秘密持つごと華やぎてきぬ

身構えて駒鳥狙う子猫から思いもかけぬ殺気立ちくる

もともとは漢方薬の店に残る漢字ひしめくひきだしの列

二代目のリュウさん漢字読めなくて漢方売らずに竹かごを売る

六月の雨の降る日に育ちゆく妬心のようなサルビアの花

真っ白いガーデンチェアー二つ置くただそれだけで夏の来る庭

ふくろうの機嫌よく鳴く声がする誰もまだ来ぬ早朝の森

雨降らぬ土地にも元気に群れて咲くアルバータ州花ワイルドローズ

バッファローの親子がゆっくり道渡る我はわくわくブレーキを踏む

傷つける鳥を保護してリハビリを施すセンターにふくろう多し

リハビリの梟どれも落ち着かず人の姿にするどく鳴けり

猛禽を数多保護するリハビリ所駒鳥サイズの梟もいる

猛禽のリハビリセンターに入れられた片目のふくろう敵意の目をむく

二ヶ月も雨の降り来ず夏乾き丘陵《クーリー》の草なべて金色

真昼の陽かんかんひりひり肌を刺し鹿も兎も木陰に潜む

漱石の書簡集読む漱石にわが身見ているロンドン便り

野球帽かぶれば若き心地してショートパンツに履き替えて行く

八月の朝市さわさわ嬉しくて向日葵の花いくつも買えり

六本のひまわり開く部屋の中ゴッホの高ぶりわれにも来たり

下を向きわれにひまわり何頼む六つの顔の真剣にして

アルバータに住みて初めて見ん牧場一泊の予定手帳に記す

ふくろうがゴロスケホッホと鳴いていた昨夜のことが朝の話題に

ひまわりがしきりに花粉を降らす夜雪の降りきて早き冬来る

日本語を教える

夏ゆきて九月五日の新学期　初級日本語第一日目

日本語のクラスに並ぶ学生の熱気におされドア開け放つ

カタカナの名札作りて手渡せばクラスの皆が嬉しがりたり

カタカナの自分の名前いち早くマディーが器用にコピーしており

アルファベット叩けば画面にひらがなの出てくることに驚くダニエル

日本語が聞き取れなくて慌てており学生に借りし宇多田のＣＤ

日本にて日の丸見るは稀なりきカナダ国旗は大学にも立つ

ベンはいつも「便」とテストに名前書く「勉」という字を知りながら書く

日本よりのテレビ放送契約すライブニュースも見られる見られる

一日中日本のテレビ見て過ごす契約二日目土曜日の今日

金目鯛一切れ使う一品をテレビにて学ぶ金目なけれど

不可思議な痛み背中に広がりてシングルズという病名告げらる

シングルズ、Shinglesとは　辞書をひき帯状疱疹という病名を知る

一時間の授業終わりてぐったりと椅子に座れば疱疹うずく

七人がワゴン車に乗りカルガリーへ二時間かけて買物に行く

和食器の店にて働く白人の日本語良しと日本人われら

午前十時のクラスに遅れる学生に理由を聞けば「寝坊《ネボー》」と言えり

就寝は午前三時と答えたる学生多しコンピュータ世代の

日本語の会話練習活気なく大きな声はわれの声のみ

日本語の授業の後に母親の小言のような注意をしたり

教え子のスピーチつっかえギクとするこの張りつめた空気鋭し

審査員のわれも緊張していたりスピーチ述べる教え子の前に

五分間のスピーチのため四ヶ月練習したりわが教え子は

書の世界

墨を磨る風の音聞き墨をする心静まる時を待ちつつ

白き紙広げておりぬこの中に入りこめるか筆を下ろせば

息を詰め最初の一字書き始む木枯らしの音遠く聞きつつ

一枚の紙の空間限りあり六字の漢字仲良く入れよ

もう一度手本良く見て漢字より白の部分を確かめている

六月にバンクーバーに行けること決まって嬉しい花いちもんめ

中国の硯をひとつ買いたくてチャイナタウンを予定に入れる

小さめの落款印を手に入れる書の世界へと旅立てそうで

墨すれば花の香りの立ちきたる小学生用お習字セット

カナダにて書道を始め四年経ちようやく挑む条幅紙なり

あんな風に漢字書けるかわたくしも　条幅紙展べしんと立ちたり

太き筆に墨を含ませひざをつき謝るように紙に向かえり

墨黒く紙にじみゆく一瞬は息を止めても鼓動高まる

十四字の漢字二列に並べたり八字と六字にバランス取りて

条幅に漢字おさめて一息す　かなりの体力使った気がする

春の陽がやわらかく差す昼下がりゆるりゆるゆる草書の気分

なんとなく今日は隷書の気分なりゆらゆらゆれるわが影法師

扁平な隷書の文字にある波磔　抑圧された心を放つ

筆架には筆の並びて静かなり眺める我の心を洗う

薄墨に行書の「和」の字書きあげる自分で漉きし水色の紙へ

ゆるやかに柳の葉より吹いてくる草書の「風」を部屋に飾れり

ひらがなは隷書書くより難しく「ゆめ」と大書し一息いれる

日本より書道の先生毛筆の手紙くださる　手本のような

楷書にてきっぱりと書く「心」なり心はいつも揺れているのに

かくかくと楷書にて書く旧漢字われの苗字は画数多く

篆書にて練習をする春の字の草の芽ふたつ昨日より太し

薄墨に仕上げたる「雲」たよりなく消え入りそうに我を見ている

草書にて書きたる雲を眺めいる明日の天気が気にかかる日は

あの人に隷書のような恋をして墨減るように心減りたり

レイシズム

アメリカのカレンダーには今もあるパールハーバーデイ十二月七日

終戦後四年経っても日本人は住めなかった街レスブリッジは

白人と中国人の学生が混じることなく坐る教室

吾の行かぬ喫茶店ありコーヒーをネイティブには断るという店

町なかの小奇麗な店にてパンを買う無愛想な店アジア人には

愛想よき陳さんなれど白人の客にはもっと愛想よくなる

我のこと後回しにして白人の男性に向く郵便局員

無意識にされる差別はわしわしと心の芯を余計にえぐる

レスブリッジにてメイドの仕事して居りぬ元弁護士のルワンダ女性

白人の老女の言葉「ダークスキン」新聞の記事くりかえし読む

有色の人種はたいてい差別され白人の町レスブリッジ　今も

戦前も戦後も今もひと続きカナダの中の人種差別は

戦前の日系人は法律で教師・医師にはなれなかったと

日系の教会なれど白人の説教聞きて寒々と居る

我を見て挨拶もせずそっぽ向く隣家の主婦を吾も無視する

ダウンタウンのチョコレート屋の店員の冷ややかな目に我はたじろぐ

差別など感じたことはないと言う日本女性に苛立ちてくる

大学の組織の中のレイシズム被害を受けるアジアの女

差別できる側に立つ人レイシズム否定していきわざわざ我に

目に見えぬレイシズムあり昇進の査定にいつもまつわりついて

昇進は能力によると言うけれど人種も微妙に加味されている

引退のインド人教授われに言うこの大学の人種差別を

研究の成果はいかに評価さる日本語分からぬ学科、学部長

年俸の二万ドルの差　白人の同僚との差ずきんと疼く

わたしより経験浅きドイツ語の美人教授の昇進早し

東洋の女性教授は我ひとり団結できる仲間がほしい

性差別問題なりと言う人が人種差別は問題にせぬ

またしても新任教授に追い抜かれわが地位低し年俸低し

インド人女性学長誕生のニュースを読めりやはりニュースだ

レイシズム証明するは難しく胸に溜れるくたくたしたもの

不当なる格下げ申し渡されて拷問のごとき一日終わる

学長のひと声により吾が格下げ取り消されたり一年の後

深く深く疲れて居りぬわが心眠れど眠れど元気になれず

とげとげとした言の葉の裏にある疲れし心　誰にも見えず

学生も教えることも好きだったあの頃の我に戻れるだろうか

時間数増やされてただがむしゃらに教えし一年苦しかりき

街を出で五分もすると現れる異界への道深き谷への

憂鬱なこと多くして疲れたり心の底に澱む日常

谷底に至りて広がる草千里　川も静かに流れて居りぬ

谷の底がこんなに広く静かとは　人の心もかくてあるべし

この谷は私の秘密の場所として一人来て歌う場所になるべし

差別する心は誰にもあるだろう私にもある差別あれこれ

この土地に友達できずゆうらりと漂いて居りわが薄き影

わが翼ゆっくり広げ放しやるこの淋しさを夏の森にて

何年も住みても友のできぬ街どこへ行ってもはじき出される

幾組もカナダ雁渡る雪空に出あいたる夕べ寒さゆりかえす

目に映る裸木多くひりひりとわれの心は冬に傾く

レスブリッジ・秋から冬へ

流れ星ふいと流れて消えてゆく思い出せない記憶のように

日常の尺度と違うサイズあり新生児用の服の小さく

ビーバーの水もぐる音ひびきけり早朝の池　はつ秋の中

本物のビーバー見たりこの目にてカナダに住みて初めてのこと

午後九時の夜空を染めてオーロラの仄かなピンク車窓より見ゆ

街の灯の見えぬ所に車駆るこのオーロラに近づけるかと

高き高き空より降りるオーロラのピンクの輝き畏れつつ眺む

寒けれど心はずみてオーロラの光を浴びて草原に立つ

オーロラを眺めた夜の眼《まなこ》には全てのものが美しく映ゆ

庭隅に小さい秋を見つけても大きくならずに雪に埋もれる

秋の日に雪降り続くひと日ありレスブリッジの木々りんりんと立つ

気がつけば落葉《らくよう》終われる木が多く十月十日雪雲重し

水まきのホースいつしかしまわれて隣近所に冬忍び寄る

トラックの荷台に乗れるハスキー犬冬の陽受けて遠き目をする

冬休み学生の来ぬキャンパスに鹿の一頭紛れ込みたり

クリスマスの飾り見るため街をゆく六百台の車の行列

クリスマスライトツアーに参加して六百台の車に連なる

家々の電飾途切れた夜の道冬木の向こうに細き三日月

カーネーションの優しきピンク部屋に置き風邪の身いたわる十日余を

小包を届けに来たるメールマン赤き帽子はサンタ帽なり

今日もまた零下二十度今日もまた外に出られず鬱の降り積む

さらさらの雪はさらさら肩に降りさらさら落ちて少しも濡れぬ

雨降らぬ土地ゆえ空気乾ききりぴりぴりとする指先も気も

室内の湿度二十パーセント切りており鼻の乾きてひりひり痛む

氷点下二十六度とラジオ告ぐ一月十日の最高気温

強風の吹き荒れる日の体感の温度は厳しマイナス五十度

夜も昼も風吹き荒れてぐわわんとうなる音にはいまだ馴染めぬ

突風にひっくり返る大トラックの写真横目に朝食終わる

トランクに重石と思い乗せおくは十キロの米二袋なり

ひな祭り五日過ぎても雪が降りカルガリーへの道こわごわ走る

日本語のスピーチ大会開かれる三月八日のカルガリー大寒

南北の分断国家の統一を日本語に言う韓国のキム君

裏庭に来たる二頭の冬の鹿大きな大きな動物に見ゆ

餌付けなどしないと決めて雪庭の鹿を見ており冬の早朝

道路わきに一頭の鹿の待ちており車の途切れて横断できるを

夕暮れの牡鹿大きな角を持ち哲学者のごとき静けさに立つ

行きゆけどゆきゆけど雪アルバータの大地を北へバス走りゆく

氷点下三十度の道冷え冷えとバス北へ行く窓を凍らせ

寒さゆえしびれのきたる両足をぎこちなく動かしバスより降りる

半時間かけて立ち飲む熱きコーヒー凍えた足を足踏みしつつ

三月の十日と言えど真冬日のアルバータ州はどこも雪なり

中国の留学生たち

ここ数年中国からの留学生増えに増えたりこの大学に

日本語のクラスに並ぶ中国の学生ほとんど一人っ子なり

日本語の漢字テストをあまくみて犬を狗と書く学生も居る

〜人《じん》という接尾辞習い私は台湾人とチャンさん言うおずおず

テイさんが香港人と言えるかと聞くのでイエスと我は答える

台湾も香港もみな中国の一部じゃないかと言うのが聞こえた

台湾の留学生はどことなく日本人的で礼儀正しい

携帯の着メロ鳴りてシェーさんが外に出でゆく我が睨めど

携帯は切って下さいと教えたての日本語で言うクラスの前に

日本人は毎日寿司を食べいると思いていいるらしジョンもマットも

味噌汁にチリレンゲ付くレストラン中国人のシェフのアイディア

納豆は臭いと言って鼻つまむ日本語コースの学生たちは

納豆も贅沢品なりカナダにて買うことできれば豊かな気分

雪の無い大晦日なり初春という日本語われに優しく響く

「紅白」のライブ放映カナダにて朝に見ている大晦日なり

日本語の字幕なければ聞き取れぬ若者の歌最新の歌

「紅白」のビデオを取りて安心す日本の皆に追いつくようで

太鼓の音ずどどんどんと響きてリズムに乗せられ身の浮きてくる

午後六時の廊下の空気伝い来るこの楽しげな太鼓は何だ

中国の学生数人きまじめにライオンダンスの練習をする

中国の正月祝う獅子舞の練習指導は太鼓のルイさん

小柄なるセネガル人のチアノさんが後ろ足踊る中国獅子舞

昨夜より降り続きたる春の雪わが大学は休校となる

失明

治療法なき眼病に冒されし左目かばい医院より帰る

左の目視力落ち居り知らぬ間に文字のあちこち変形して見ゆ

左目の網膜異常は進行性　右目もいずれ冒されるとぞ

ビタミン剤、緑の野菜、黄の果実、失明防ぐと日々に食ぶる

ケールという緑の葉野菜買ってみるルティン多しとネットに読めば

失明に至る眼病抱え込み毎日調べる左眼《さがん》の視力

ケールという緑の野菜眼のための常備菜なり冷蔵庫に満つ

専門医の診察受ける日となりぬ「失明」は前提として行く

検眼の薬にぼやける視力なり今日の授業はキャンセルしよう

失明は誤診と分かり口ずさむフニクリフニクラ　パセリ摘みつつ

紫外線、青色光線、網膜に害ありと聞けば避けようとする

今もまだケールを食べる習慣を続けて居りぬ網膜のため

ケール売る店は少なくようやっとしおれた青菜見つけて買えり

少しずつ本読む時間再開す目の見えることただ嬉しくて

ゆっくりと日本の雑誌めくりゆく広告写真もじっくり眺め

テレビにて十年ぶりに見る顔の若々しくて十朱幸代の

失明の誤診に揺れて日本への帰国あきらめこの地に暮らす

英語短歌

英語にて短歌を作る人々は俳句も作り器用なりける

日本語と英語のシラブル違うゆえ長々となる英語短歌は

英語にて短歌書く時わたくしは英語の目にて桜見ている

マリアンの短き歌を日本語に訳してみたり三十一文字に

マリアンの英語短歌をイギリスの子供が歌う作曲されて

英語にて短歌を作るジェームスは日本の短歌読みたしと言う

現代の短歌を選び英語へと翻訳するは無謀かもしれず

敢えて吾は無謀と知りつつ英訳す河野裕子のオノマトペ短歌

幸綱の使う「こんこん」どう訳す？　こんこん眠れ雪やこんこん

さまざまな歌人の使うオノマトペ英語副詞で置き換えられぬ

百首でなく１０１《ひゃくいち》選び英訳す英語話者向け現代短歌

わが訳の不備を厳しく言いくれるアメリアさんは短歌も分かる

じんわりと汗滲みくるひたいなり湯につかりいてあるヒント浮かぶ

ＨＡＩＫＵという言葉はすでに英語なり香水の名になりて輝く

ハイクほど知られていないタンカなり五行詩の美をいかに伝えむ

「GUSTS」という英語短歌誌創刊を計画したり突風のごと

カナダにて初の英語の短歌誌の編集発行われがして居り

蓮根の穴の一つが黒ずみて不安かかえる眼《まなこ》のようだ

疲れたる心を包み眠らんか眠ればいつも朝は来るはず

かじかんだ心ゆっくり解きほぐす湯船につかり身を軽くして

一日のうちで一番朝が好き冷たき空気新しきページ

突風に吹き寄せられて百人のタンカイストが集いて来たる

英語にてタンカを書きている時のわれの心の遊びの部分

十世紀の女のこころ嫉妬心英訳に読めり我が身に引き寄せ

道綱の母が本妻に書ける歌、その返歌、ともに本心読めず

恋人の訪れ待ちて不安なる日々を送りきわが二十代

花を恋う心なきこと淋しめりこの地に住む人花など歌わぬ

わたくしの英語短歌誌八号目　北米詩人に励まされつつ

タンカさえアメリカ流にアレンジし我がものとする詩人数名

幸綱の歌を英訳する午後に散水は淡く虹を立たしむ

英訳の短歌少なしあわれなり寺山修司を誰も知らない

掛け詞、枕詞を英語へと置き換えるとき抜けゆく言霊

藍甕より出ずる青なれど水浅葱、縹、花紺、英語に出来ぬ

英語詩に新しきジャンル生まれんかタンカ人口徐々に増えくる

新しきスタートラインに立つ朝は今日の運勢新聞に読む

引越し

あっという間に過ぎし十年レスブリッジを去る日近づき広き空見る

レスブリッジの思い出語れと言われれば真冬に荒れる雪を食う風

白黒の写真集にあるレスブリッジの街並どれも人影あらず
レスブリッジは白人の街アジアなど存在しない彼らの地図に
シヌックの吹き荒れる日なりしんしんと扉閉ざして一人で居りぬ

年齢の差別と言いて定年制廃止を決めたりわれの大学

定年がなくても吾は職を引くあとの人生好きに生きたい

電話にて年収訊かれはっとする職引きてより十日経ちたり

カナダにて年金生活始まらん書類あれこれ送られてくる

日本にはもう戻れない正念場カナダ政府に身をゆだねよう

カナダより年金貰い生きてゆく日本人なれどカナダ人として

若き日にシングルマザーになることを選びたれども子は授からず

逢いみてののちの淋しさ苦しさを子を産むことで満たさんとしき

身の裡で何かが泣いているようだ白百合のはな花粉こぼしつ

子を産むをあきらめたとき私の思考回路ははきはきしたり

子を産まぬ成りゆきなりき私の場合はきっと正解だろう

我に子の無きこと時に悔やまれる母は四人の子供育てつ

母逝きて家族の絆弱くなり日本も遠く遠くなりたり

退官を機にバンクーバーに戻りたい恋人のごと恋えり激しく

あの道の角を曲がると一本の梅咲きていき二月のかの街

引越しの日取りが決まり少しずつ荷物つめ込む希望つめ込む

かなりある嫌な思い出きっぱりと捨て去りゆかむ迷うことなく

教え子に貰いしトトロのぬいぐるみそっと詰め込む引越し荷物に

冷蔵庫に何も無いのに気がつきぬ引越した日の荷物の中で

額の絵の箱を開けたり吾がしたるガラスの梱包すべて合格

ともかくも電話とネットがつながればまずは生活できるじゃないか

引越しの荷物の中に埋もれて二週間過ぐ　あのお皿はどこ？

新住所に初めて届きし郵便は韓国からなりわが教え子より

隣人に野の花のカード手渡しぬ引越し蕎麦のわたくし流です

家の前の原生林が決め手なり迷わず買ったこのタウンハウス

パンはここ花はあの店少しずつ馴染みの店の増えきて九月

レスブリッジはもう冬だろう十月のバンクーバーの草木のみどり

風の無い穏やかな日の続く街　シヌックなる風だれも知らない

この街はコスモポリタンの街だから居心地良くて声まで弾む

かたつむり見つけたる日はゆるゆると倖せになり親切になる

人間も車もわんと増えており十年ぶりのバンクーバーは
二年後のオリンピックにせかされて道路工事があたふた進む
駅員も運転士さえ見当たらず近未来的電車に乗れば

ハイウェイを車で走り道迷い見知らぬ街にときめきてくる

満作の蕾見えきて一月の寒き空気もやや和みたり

三月のモントリオール雪のなか友のメールに冷気漂う

朝刊のオタワの雪を眺めつつアルバータの雪ちらと思えり

手の中にビー玉ひとつ握りしめ眠りておりぬ雨降る午後を

木苺の花白く咲きはにかんだ君の笑顔に恋した、うっかり

野を歩き押しとどめられはっとして足もとを見ぬ小さき蛇が

踏まなくてよかったけれど黄の蛇は私以上に驚いたろう

春の蛇わかき蛇なりほそほそと道を逃れて草地へ行けり

蛇を手につまんでほいと放り出す石川不二子は大らかな人

遠くから波の打ち寄せくるような音たて働く食器洗い機

洗濯の終わりのメロディー聞きながら明日の予定を手帳に入れる

それとなくコンピュータに助けられ日々の生活成り立っており

デジタルの体重計は引越しの衝撃にこわれアナログのは無事

コンピュータなしでは生活できぬなり不満はあれど感謝をしよう

ハングル学ぶ

ハングルの母音子音を発音す頬の筋肉緊張させて
火曜日は普段使わぬ頬肉を激しく使いハングル学ぶ

なんとなく日本語に似る発音のシッレイハムニダ失礼します

ハングルを習い始めて五ヶ月目コンピュータに文字入力す

キーボードのアルファベットは見ぬようにハングル用のチャート見て打つ

キーボードのアルファベットに惑わされハングルのＫいつも間違う

ハングルのチャート見ながら一字ずつ入力したりカムサハムニダ

韓国語の二種のオの音まぎらわし発音できずスペル間違う

英文にハングル混ぜてメール打つ韓国に住む教え子イさんへ

見慣れたる英語日本語の画面には暗号のごと韓国の文字

看板に韓国文字があふれ居り読んで楽しむ釜山《プサン》繁華街

釜山にて六首

カラオケの店はノレバンと習いたりハングル文字のノレバン目につく

釜山にて日本料理の店を持つOさん夫妻日本語解さず

東京をトンギョンと言われ幾たびも聞き返したり釜山の店で

私は韓国人に見えるらし道を訊かれるこれで三度目

ハングルのシャンプー、リンス解読し髪洗いたり釜山のホテルに

韓国の文字に魅せられコース取り韓国流の礼儀も知りぬ

先生より年上なれば先生は先生《ソンセンニム》と我を呼びたり

白髪《しらかみ》は老いの象徴　東洋の若き娘に席譲らるる

なんとなく嘘つくような心地して髪は染めずに自然にまかす

韓国語なぜ学ぶかと聞かれたり韓国人の彼持つ女子に

彼のため韓国語学ぶリュンさんは会話の上達だれより早い

わが裡に南へ向ける窓のあり時折あけて深呼吸する

バンクーバーの日々

万華鏡ひかりにかざす一瞬をくらりと動く紫の花

かたち、色それぞれ違う手作りの切り子のグラス六客届く

琥珀色、藍に緑にこむらさき、君の気持を色で占う

言わないでおけばよかったいくつかの言葉浮かびて目覚める朝《あした》

すずやかな音たて細き足折れてみずいろのグラス卓に転がる

ガラスには命あるゆえ割れもする君との仲も割れそうである

大皿にいくつもいくつも描かれたポーランドに咲く青き花々

琥珀色の切り子グラスに梅酒酌み豊かな気分になりて眠れり

バザーにて買いたる藍の巾着の紐を結べり幸逃げぬよう

教会のバザーに買いし手作りの饅頭十二個冷凍保存す

口中にほのかに残るにがうりの苦味惜しみて茶を飲まず居り

なによりも贅沢と思うカナダにて食べる手作り白玉ぜんざい

納豆を毎日食べろと言う人が納豆菌を分けてくれたり

納豆の菌は小瓶にひっそりと透明にゆれ水のようなり

増やされて三十年も経つという納豆菌の由緒を聞きぬ

キッチンにごぼうの香り立たしめてきんぴら作る　久しぶりなり

小豆餡小さく丸めて練りきりの青梅つくる手のひらの上

ラ・カンパネラ聴きつつ食べる夏の菓子楊枝を使うひととき光る

あ、ブルージェイ　わが目の前を歩きいる数秒のとき人に気づくまで

自家製のホワイトワイン貰いたり「シャトーやまなか」ラベルもよろし

瀬戸内の粗塩買えりナチュラルな若さ甘さを喜ぶ舌先

塩水を涙の濃さに整えて洗眼をする夜のバスルーム

抜歯後に塩水使い口すすぐ四時間おきに儀式のごとく

塩味のチョコレート買い週末の雑踏の中しあわせに立つ

届きたるソルトレークの絵はがきは塩の袋のおまけ付きなり

浴室のガラスの壷に白き塩　君の弱さをゆるす気になる

残りたるキャンティー飲めりほのぼのと昨日の昼のカレーパーティー

春を待つ心の中に舞いきたる高野素十の方丈の蝶

真っ白なスノー・ドロップ一粒がヘザーのかげにあるのを見つけた

怪鳥の大きな嘴　むらさきに蕾色づく極楽鳥花

サンディエゴの街に気楽に咲いていた極楽鳥花少し汚れて

極楽に生息するかオレンジと藍の羽もつ花のような鳥

前庭にかぼちゃの葉っぱが茂りくるハロウィンかぼちゃを埋めたる所

ファーマーズマーケットにて目にしたり　かぼちゃの花は食べられるのだ

起きぬけにかぼちゃの花の蕾つむふうわりと摘む空気もそのまま

真みどりの手のひらサイズのかぼちゃの子　皮柔らかく種もまだ無い

真っ白なかぼちゃの果肉は無味無臭ただ柔らかく心に届く

あの人はちょっと苦手な強情っぱりブルーベリーの蜂蜜贈ろう

じんわりと湿りてきたりわが胸は夜霧の中に君を待つとき

霧深き夜道を走るわが車苛立ちており　先の見えぬ恋

月光に洗われたる目にはっきりと彼の心の傷の見えくる

外国に住めど心はいつもいつも日本に向いてニュース見ている

ぐったりと一週間過ぐ泥色の廃墟映せるニュース追いつつ

義援金をカナダ赤十字に送り心は少し軽くなりたり

灰色の心の中をかき回すネットニュースのシュールな画像

原発の事故の事後処理報告を聞きて毎日何もできない

ボランティア引き上げたあとの避難所の老齢者の顔テレビが映す

非日常の世界へ

ニューヨーク

ティファニーの店はこんなに小さかった？　映画の記憶とかなりずれ居り

偽物と知りて買いたるブランド品ニューヨークには特別似合う

セントラルパークを抜けて歩きゆく美術館まで四月の朝を

法皇のニューヨーク訪問あちこちに立つ警官の数にて知りぬ

ファントムをニューヨークにて観たること虹見たるごときらきら言えり

ケルン

しんしんと闇の音聞き横たわる浅き眠りの波間ただよい

時差ボケの頭もわもわ白みきて昼の深みに睡魔来たれり

真夜中に目覚むる日々の続ききて体内時計きしきしゆがむ

バンクーバーとケルンの時差に苦しみて旅の三日目偏頭痛来る

遠く鳴る教会の鐘さわやかに頭蓋に響き時差ボケ治る

はつ夏の大聖堂の人ごみに紛れていたりケルンの雀

まぼろしの鐘の音《ね》ひびく耳のうちケルン去りてもドイツ去りても

プリンス・エドワード島

さあ行こう赤毛のアンに出会う旅六月の朝雨あがりたり

行き先の空港タグを巻き付けて鞄に言えり「迷子になるな」

波寄せる岩の朱色の激しさはアンの気性の激しさに似る

酸化鉄溶け込む島の赤土にルピナスの花ふじ色に咲く

変身の願望持つわれらかつらつけ衣装も借りてアンとなりたり

鍼灸師

うつ伏せにベッドの上に横たわり鍼打たれおり雨降る午後を

銀色の細き鍼打つ鍼灸師地図読むごとくわが背中読む

背のツボに次々打たるる細き鍼ひらりひらりとひらめきていむ

時差ボケの暗くて重い頭蓋には救済の鍼打たれておりぬ

ストレスの肩をめがけて打たれたる数本のハリ血流うながす

バンクーバー・オリンピック

駅前にホームレスいつも居たりしがオリンピックの雑踏に消ゆ

聖火台の写真一枚良く撮れぬ　わが「生写真」誰に送ろう

キム・ヨナの次にあるかと待ちおれど浅田真央へのインタビューなし

新聞にロシェットの写真キム・ヨナもされど無視さるわれらの真央は

客席は満席となり安心すパラリンピック開会式場

観客の大歓声に浮き立ちぬこの大歓声はテレビでは小さい

三月の山の上にて見たるもの急斜面飛ばす盲目のスキーヤー

雪山の頂に見えた黒き点　数秒ののち座位のスキーヤーとなる

子供たちと同じ目線で会話するパラリンピックの座位のスキーヤー

モントリオール

街に見るすべてのサインはフランス語ケベック人の意地の見せ所

母国語を大切にする人々の英語訛れるモントリオール

タクシーの運転手言う「サーティー・ユイット」こんなチャンポン初めて聞いた

フランス語使いて注文したけれどオーケーシュアとギャルソン言えり

朝食のモントリオールベーグルにスモークサーモン　シンプルがいい

オーストラリア・シドニー

山藤のふと咲き初むる田舎道九月のシドニー春の始まり

そろそろと触りてみれば意外にもさらりとしたる白へびの腹

樽の内にねむそうに居る大亀の手足に見たり爪のあるのを

オレンジの砂巻き上げて風の吹きシドニーの街ただただ赤い

日本

地図持たず京都の町を歩み来て寺町通を本能寺に出る

信長の遺品を展示したる日に偶然来たり大寶殿に

信長の書状の墨の濃淡を眺めつつ想うそのかろき運筆

信長の刀小さく細く見ゆ白く輝き血の跡も無し

蘭丸の弟二人の名も並ぶ本能寺の変戦没者一覧

京都よりやや涼しいと一息す松島海岸海風も吹き

ひんやりと杉の木立に包まれて真夏の真昼瑞巌寺ゆく

カメラ持ち政宗の顔良く見んと近づき見ても暗し銅像

ほんのりと甘き帆立の肉を食む松島の昼の海鮮丼

新幹線待つ間に食べるひいやりと東京には無いずんだかき氷

蟬の声大音響の昼下がり日本の夏を聴覚に刻む

七月の太宰府暑しじゅわと食む一色産の「ブランド」うなぎ

柳川は暑さのために断念す近くて遠い白秋生家

カナダには蟬はいないよいないから蟬の脱け殻カナダに持ち込む

テレビドラマ「八日目の蟬」観たあとに蟬の脱け殻ほしくなりたり

スニーカーに蟬の脱け殻そっと入れ袋に包み荷物に詰める

カナダにて朝のラジオに聴いている潘氏のスピーチ広島の蟬

あとがき

第一歌集『カナダにて』を世の中に送り出してから知らない間に十四年も経っていました。この第一歌集はすでに絶版になっていますので、なんとか第二歌集をまとめなくてはと思いつつ、忙しさにかまけてなかなか実現できませんでした。仕事を定年退職してからは自由な時間ができましたので、思いきってまとめることにしました。

この間ずっと「心の花」に毎月休むことなく詠草を出し続けましたので、誌上に載せていただいた歌も膨大なものとなり、その中から私の好きな歌を選んでテーマ別に再編成しました。ですので年代順にはなっていない部分もかなりあります。テーマ別のほうが私の言いたいことをよりはっきりと読者の皆様にお伝えできるかと思いました。四百首ぐらいにおさえようとしたのですが、五百余首になってしまいました。

実を言いますとこの第二歌集の少し前に二〇〇四年から二〇一一年にかけて英語で書いた短歌をまとめてアメリカの出版社から出して頂きました。それで英語の歌と内容的にダブっている歌もいくつか入っています。英語の短歌は日本語の短歌を翻訳したものではありませんが、テーマとか内容は同じ場合があります。

ふり返ってみれば、日本語にせよ英語にせよ自己の内面を文字化できる「短歌」というものがあったからこそ、精神のバランスを崩さずにカナダで生きてこられたのではないか、と思います。歌を作るのは孤独な作業ですが、読んで頂ける読者のことを考えると孤独ではありません。人々の共感を呼ぶ歌がいくつかあれば私としてはとても嬉しい限りです。

二〇一一年九月吉日

鵜沢　梢

著者プロフィール

東京生。上智大学卒。一九七一年にカナダのバンクーバーに単身移住。ブリティッシュ・コロンビア大学より修士、博士号。アメリカおよびカナダ各地の大学で教鞭をとり二〇〇七年レスブリッジ大学を定年退官。「心の花」会員。第一歌集『カナダにて』（新風舎）。現代短歌の英訳も手がけ『観覧車・現代短歌一〇一首』（Cheng & Tsui）、『万華鏡・寺山修司短歌集』（北星堂）を共訳。『観覧車』は米国コロンビア大学よりドナルド・キーン日本文学翻訳賞受賞。英語短歌雑誌「GUSTS」を編集発行する。なお英語短歌集『I'm a Traveler』（Modern English Tanka Press）が最近刊行された。

省略

検印

平成二十四年三月三日　印刷発行

歌集　シヌック・雪《ゆき》食《く》う風《かぜ》

定価　本体二五〇〇円（税別）

著者　鵜《う》沢《ざわ》梢《こずえ》
44-7488 Southwynde Avenue
Burnaby, BC, V3N 5C6, Canada

発行者　堀山和子
発行所　短歌研究社
郵便番号一一二－〇〇一三
東京都文京区音羽一－一七－一四　音羽YKビル
電話〇三（三九四四）四八二二番
振替〇〇一九〇－九－二四三七五番
印刷者　東京研文社
製本者　牧製本

ISBN 978-4-86272-270-6　C0092　¥2500E